L'ÉLOGE

D'ALEXANDRE DUMAS

PAR

PAUL DELAIR

PRIX : UN FRANC

PARIS

ALPHONSE LEMERRE, ÉDITEUR

47, PASSAGE CHOISEUL, 47

1872

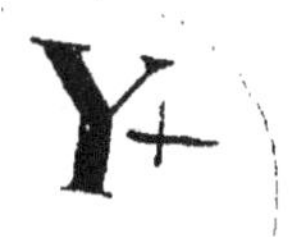

L'ÉLOGE

D'ALEXANDRE DUMAS

REPRÉSENTÉ LE 17 DÉCEMBRE 1871

aux *Matinées Littéraires* du théâtre de la Gaîté

J. Claye, imprimeur
7 S. Benoît, 7 à Paris

L'ÉLOGE

D'ALEXANDRE DUMAS

PAR

PAUL DELAIR

PARIS

ALPHONSE LEMERRE, ÉDITEUR

47, PASSAGE CHOISEUL, 47

1872

PERSONNAGES

Le Sculpteur. . . . . *MM. Berton père.*
D'Artagnan. . . . . . *Mélingue.*
Le père La Ruine. . . *Dumaine.*
La France. . . . . . . *Mmes Arnould Plessy.*
Le Drame. . . . . . . *Marie Laurent.*
La Comédie moderne. *Desclée.*
Mlle de Belle-Isle. . . *Laurence Gérard.*

L'ÉLOGE

D'ALEXANDRE DUMAS

Le théâtre représente un atelier de sculpteur. Au milieu, sur une estrade, le buste encore voilé. — Au lever du rideau, le sculpteur est assis, dans une posture de fatigue et de songerie.

SCÈNE PREMIÈRE.

LE SCULPTEUR, seul.

Mort! voici donc un an que tu nous l'as repris
Et que sa place manque au foyer des esprits!
    Il se lève.
O Mort! tu l'as saisi d'une main hésitante,
Tâtant par de faux bruits cette proie éclatante...

Et bien qu'on te connût, bien qu'on te sache, ô Mort,
Jalouse du meilleur, acharnée au plus fort,
On s'étonna devant ce deuil que rien n'expie,
Et l'on se demanda par quel pouvoir impie
Tu pouvais dessécher dans ta stérilité
Cet océan de joie et de fécondité !

Mais moi, moi qui l'aimais, Mort, je t'ai combattue ;
Le feu qui peut donner une âme à sa statue,
Je l'ai pris dans mon cœur...

Il enlève le voile.

Et le voici vivant !

Pause. Avec douleur.

Vivant ! — Ce n'est qu'un songe. Oh ! songe décevant !
Oh ! que de fois j'ai cru, sous le ciseau rapide,
En tirant du bloc lourd cette tête splendide,
Sentir battre la tempe et le cerveau brûler !
Le marbre même avait hâte de ressembler
A ce géant du drame, — et moi, comme un homme ivre,
Éperdu, je riais de le faire revivre ! —
Mais brisons nos outils, sculpteurs ! tout notre effort
N'aboutit qu'à tirer un songe de la mort !

Quoi, disparu ! Tombé dans la nuit sans aurore ! —
Ah ! de ceux qui l'ont vu qui ne le voit encore,
Lui, l'athlète robuste et le bon compagnon,
Titan de belle humeur, Jupiter bon garçon,
Qui mêlait dans sa veine, à l'épreuve du pôle,
Le soleil de l'Afrique et le sang de la Gaule !

Le vaillant qui marchait sous des bois toujours verts,
Jetant sa vie énorme à tort et à travers ! —
Ah ! comme elle coulait, cette vie ondoyante,
Cette séve à pleins bords, frondeuse et frondoyante,
Fière, heureuse, et pareille au grand chêne éternel,
Poussant de toutes parts des rameaux vers le ciel ! —
Hé ! qu'importe s'il eut quelques branches gourmandes !
Les fleurs d'or, les fruits mûrs y pendaient par guirlandes,
Et c'était une fête, une félicité,
Où se réjouissait l'univers invité !

Tête et cœur, c'était l'onde et l'homme intarissable ;
Puissant, joyeux et bon comme un dieu de la fable,
Curieux sans envie et sans géne, pareil
A l'autre grand ami des hommes, — le soleil !
Il concentrait en lui, fraternelle, infinie,
La cordialité de notre ancien génie,
Et la répandre était sa joie et son succès,
Et c'était l'échanson du vieil esprit français !

Oh ! le brave grand homme ! Il dépensait sans cesse
Et sa bourse et son cœur, double et folle richesse ;
Et souvent les ingrats, puisant, puisant encor,
Mirent à sec la bourse et jamais le cœur d'or !

Cependant il allait contant, contant merveilles,
Contant toujours ! Et comme à Platon les abeilles,
A sa lèvre advolaient les esprits enchantés ;
Et les vieillards disaient aux enfants : Écoutez ! —

Et si, par impossible, il se taisait, la foule
S'écriait : « Mon beau maître, hélas ! l'heure s'écoule,
Conte-nous au plus vite, il ne t'en coûte rien,
Un de ces beaux récits que tu contes si bien ! »

On dit qu'il n'était pas seul à suivre sa route
Et que ce fleuve avait des affluents... Sans doute !
Le Nil aussi reçoit dans ses courants dorés
Des torrents inconnus, des ruisseaux ignorés...
Mais pendant qu'on remonte aux ombres de sa source,
Lui seul mêle les eaux et pétrit dans sa course
Ce grand limon vital d'où sortent les moissons,
Toutes les oasis avec leurs floraisons !

Ah ! s'il n'eût pas été si prodigue ! — Demeure !
Que seulement un jour, que seulement une heure,
Sur cette large main tu reposes ce front
Tout fumant de génie ! — Et nos regards verront
Cette pensée immense, à la fin concentrée,
Se bâtir son chef-d'œuvre au fond de l'empyrée !

Mais il n'a pas voulu ! — Quoi, méditer ! — Grand Dieu !
Réfléchir est déjà si lourd ! — Puis, est-ce peu
Que d'amuser le siècle et d'enchanter la ville ? —
Il n'a pas de chef-d'œuvre ? Hé non ! il en a mille !

Hélas ! Et c'est donc toi, cerveau plein de combats,
Héros de l'action sans trêve, qui tombas,
Sans pleurs, sans bruit, sans fleurs, loin des saintes murailles

De ton Paris! — Achille est mort sans funérailles! —
Vers la tombe où tu dors, travailleur surhumain,
Ton cercueil sans bannière a fait seul le chemin;
Tu n'as pas eu, tant l'heure est lugubre où nous sommes,
La conduite que fait le peuple à ses grands hommes!

Que ce soit aujourd'hui! Dans ce lieu! — Tous les jours
Sur la scène il jetait nos deuils et nos amours;
La scène à son géant doit une apothéose!
C'est ici — car la tombe au génie est mal close —
Que son âme revient sous le ciel éclairci,
Et que se font les dieux, car le peuple est ici!

Moi, j'ai sculpté, gonflé d'une ivresse profonde,
Cette tête d'Atlas, propre à porter un monde...
Je vous convoque, vous, fils de cet inventeur,
Types vivants jaillis de ce front créateur,
Vous, belles, vous, esprits, vous, démons, vous, génies;
Dieux du drame et de l'art! Puissances! Harmonies!
Héros qu'il a chantés, Grâces qu'il célébra,
Je l'ai mis sur l'autel... Qui le couronnera?

SCÈNE DEUXIÈME.

A droite s'ouvre tout à coup l'extrémité d'une galerie dans le style du
xviiie siècle. Il s'en échappe le bruit harmonieux d'un bal ; l'orchestre
joue l'*Invitation à la Valse*, qui rappelle une des comédies de l'Auteur.
— Entre vivement :

LA COMÉDIE, sous les traits
de *Mademoiselle de Belle-Isle.*

Ce sera moi !

Répandant des fleurs.

Des fleurs ! — Je suis sa Comédie,
Et son caprice, tendre et léger comme l'air !
Cette gaîté, jamais éteinte, quoi qu'on die,
En ce pays de France, à l'Amour le plus cher !

O mes amis ! Gaulois éternels que nous sommes !
Race d'oiseaux jaseurs, écoliers des buissons,
Un Dieu nous a créés les plus jeunes des hommes ! —
Malgré qu'il ait, le monde est fou de nos chansons,

Et c'est en les chantant qu'il marche et qu'il avance !
Il y puise la joie et l'intrépidité ! —
Et tout entière en toi coulait cette Jouvence,
Maître, dans sa fraîcheur et sa limpidité !

Tu savais rire! Non du rire irrémédiable
Des méchants, mais du rire en toute bonne foi!
Si c'était pour de l'or qu'on se vendait au diable,
C'était pour de l'esprit qu'on se donnait à toi!

— Il en avait pour tout le monde! Franc, sincère
Et vif, comme nos vins pétillants, sans apprêts,
Sans aigreur! — S'il restait une goutte en son verre
Après souper, c'était pour le Mançanarès!

O verve étincelante et causerie exquise!
Demi-mots savoureux, mots brillantés, nouveaux!
Et quel charme de voir le duc et la marquise
Dévider les jolis sentiers de Marivaux!

Car il aimait ce temps, fait d'étoffes légères,
Où les galants rimaient amour et jour, toujours;
Où les peintres menaient de divines bergères
En souliers de satin sur l'herbe de velours;

Où du ciel clair chassant les symboles moroses,
Boucher dans l'azur tendre improvisait, lascif,
Tout un Olympe avec de la crème et des roses, —
Où les faunes riaient dans l'ombre du massif!

Héros! Comédiens! Déesses! — Parabère,
Les belles de Saint-Cyr! Richelieu! Pompadour! —
Coquettes et roués, guerriers toujours en guerre,
Arrachant, pour traiter, une plume à l'Amour!

L'intrigue court avec son fil d'or; on se joue;
On s'adore, on se dupe, on se cherche, on se fuit;
Parfois il brille un pleur sur le fard d'une joue,
Et des imbroglios chuchotent dans la nuit.

Défis, duels, rendez-vous! On s'insulte, on se raille;
Mais on est gentilhomme et jusque dans la mort!
C'est le cœur et l'esprit qui se livrent bataille,
Et, malgré tant d'esprit, l'esprit a toujours tort!

Certes, l'époque était corrompue et frappée
De vertige! Après eux le déluge! — Mais quoi!
S'il fallait du fourreau déshabiller l'épée,
En sortant du boudoir, on trouvait Fontenoy!

— Ils en valaient bien deux dans les gardes-françaises! —
C'étaient de beaux joueurs! — Ces roués, ces piliers
De tripots, qui riaient et qui prenaient leurs aises
De tout au monde, étaient du moins des chevaliers!

Ils gaspillaient leur or, leur temps, leur cœur, leurs fièvres;
Ils vivaient sans retour! — Monsieur de Richelieu
Risquait aux dés sa vie, et, le sourire aux lèvres,
Criait : « Çà, qui se met de moitié dans mon jeu! » —

Voilà ce qu'il montra, dans sa verve hardie
Et sa grâce, dont rien n'empoisonne le cours!
Dumas fait l'homme aimable; et dans sa comédie
Qui triomphe à la fin? — La jeunesse toujours!

C'est à moi donc, au nom de ces belles amantes,
Les yeux pleins de caprice et le cœur sur la main,
Au nom des cavaliers et des vierges charmantes,
De couronner de fleurs mon grand poëte humain!

> Comme elle s'approche de l'estrade, une des statues qui occu-
> pent le fond de la scène descend de son piédestal et d'un geste
> lui barre le chemin. — C'est le *Drame,* représenté par la
> *Cassandre de l'Orestie.*

SCÈNE TROISIÈME.

LE DRAME.

Arrête, jeune fille! Ah! crois-tu qu'il suffise
D'être le chant de joie, et le rire doré,
Et la grâce légère, — et qu'il ait ignoré
Ce que coûte de pleurs la fibre qui se brise,
Ce que coûte de sang l'amour invétéré?

Fille d'Eschyle, oiseau lugubre des tempêtes,
Moi, bouche d'anathème au milieu des vainqueurs,
Je sais qu'il a sondé tous les destins moqueurs, —
Ces deux Fatalités, dont l'une est sur nos têtes,
Impitoyable, — et l'autre, incurable, en nos cœurs!

C'est moi qui parlerai, moi qui, reine et servante,
Prophétesse et victime, ai jadis sous vos yeux,

Belle du grand frisson farouche et radieux,
Fait passer tout le deuil et toute l'épouvante
Qui te consume, ô race humaine, en proie aux dieux!

Toi, tu n'es que le jeu brillant de sa nature!
En sais-tu bien le fond? — Vois!

> Le fond du théâtre s'ouvre. Apparait un décor sombre et dra-
> matique : la tour de Nesle, le vieux Louvre, et, sur les bords
> de la Seine éclairée par la lune, les héros et les héroïnes
> des drames de Dumas, distribués en groupes pittoresques.

C'est le carrefour
Et c'est le coupe-gorge! — O nuit! — Voici la Tour
Où s'embusquait la Mort, brûlante de luxure,
Et le Louvre, où dansaient Henri III et sa cour!

Regarde, c'est le Drame! — Enfants de sa puissance,
Les voici, les héros de fer ou de velours,
Chevaliers du devoir, conspirateurs de cours,
Fous d'agir, tous ayant pour devise : à outrance!
Sur des mondes détruits promenant leurs amours!

C'est la crise éternelle et c'est la lutte immense
Avec ses cris, ses pleurs, ses glaives, ses brandons,
Ses haines sans pitié, ses amours sans pardons! —
Tout ce qu'éclaire avec horreur la conscience,
Triste flambeau de l'ombre en qui nous nous perdons.

Ah! tigresse flatteuse, à la peau tachetée,
Hypocrite ou féroce en ton agression, —

Ah! salamandre aux yeux pleins de séduction,
Qui depuis six mille ans t'a fuie ou t'a domptée,
Immortelle, implacable et fauve Passion?

Cette fatalité des nerfs, tu l'as connue,
Maître! — Breuvage exquis, vomissement amer! —
Et comme tu scrutais la cuisson de ce fer
Lentement appliqué sur la mamelle nue,
Grand poëte des sens, — Shakspeare de la chair!

O tumulte, ô combats! Sur la scène ébranlée,
Comme le métal chaud sur l'enclume, tu tords
Nos entrailles, désirs effrénés, noirs remords;
Et tu fais sangloter dans la sombre mêlée
Des démons repentis devant des anges morts!

Tu sais tout ce qu'un cœur donne à boire aux épées,
Percé dans sa jeunesse et sa force! Et comment
Les pâles reines vont la nuit pieusement
Presser leur lèvre froide à des têtes coupées,
Seul baiser sans réponse et suprême serment!

Qui dans ma coupe a mis plus de fièvre et de flamme?
C'est la vie et l'histoire en toute sa fureur! —
Çà et là cependant passe dans sa candeur
Quelque vierge blessée, ou bien quelque grande âme...
Le plus désespéré croit encore à l'honneur!

Car en heurtant l'épée au poignard et le vice

Au crime, il n'a jamais trahi l'humanité!
— *Au fond, c'est du côté des purs qu'il est resté;*
Et s'il t'immole tant de martyrs, ô Justice!
C'est qu'il est convaincu de ta divinité!

Maître, à présent le livre est clos, l'œuvre est finie!
C'est aux Rois dont ton drame illustrait les combats
De te remettre, afin d'honorer ton trépas,
La pourpre qu'ils t'ont due et qu'on doit au Génie,
La seule royauté qu'on ne détrône pas!

> A ce moment, d'un groupe de gentilshommes se détache un
> brillant capitaine : on reconnaît *D'Artagnan*, c'est-à-dire le
> *Roman cavalier;* — derrière lui les *Trois Mousquetaires.*

SCÈNE QUATRIÈME.

D'ARTAGNAN.

Au *Drame.*

Pardon... J'ai, grâce à lui, fait plus d'un roi, Madame...
Et pour le couronner à son tour, je réclame
Votre main!

Au public.

Qui je suis? — Me nommerai-je? Non!
Ma cape et mon épée ont déjà dit mon nom.
Hé! qui ne se souvient de cette vieille histoire
Toujours jeune, — un cadet, grand affamé de gloire;

Partant, avec ses dents longues, sur son cheval
Jaune, en piteux harnois, du colombier natal,
Muni d'un bref scellé pour quelques vieux illustres,
Et qui gagne, à travers les quolibets des rustres,
La grand'ville du roi Henri Quatre, et la cour
De France, paradis des duels et de l'amour?
Qui ne l'a lu, ce conte, et n'en pourrait redire
Quelque bonne aventure; et qui peut sans sourire
Se rappeler ces coups hardis, ces dévoûments,
Ces peuples suspendus aux querelles d'amants,
Ces démons, d'un baiser versant un philtre étrange,
Ces reines que l'on sauve et ces rois morts qu'on venge,
Ces feutres, ces velours, ces buffles, ces satins, —
Ces intrépides cœurs défaisant les destins,
Chevauchant, sûrs d'eux-même, au milieu des mystères,
Et ces Gestes de Dieu par les Trois Mousquetaires!

Car dans ces beaux récits à perdre haleine, il a
Ressuscité la geste ancienne, et c'est cela
Qui donne à ses héros le relief épique!
Ce compagnon que rien ne fourvoie, et qui pique
Des deux dans la légende, et qui se fait aimer
Des princesses et par les princes enfermer,
Ces preux d'un bond passant de France en Angleterre
Pour quelque talisman d'amour, et sans se taire
Devant le Cardinal, enchanteur effrayant,
Faisant leur tâche, offrant leurs têtes, et riant,
Ces braves disposant des trônes, — c'est la race
D'Amadis et d'Arthur! Ils marchent sur la trace

De nos vieux chevaliers et de nos vieux héros ;
Ils sont les fils directs de nos Romanceros,
Neveux de Charlemagne et favoris des fées ;
Leurs dames sont d'or pur et de grâces coiffées ;
Leurs chevaux ont des airs d'hippogriffes ; ils vont,
Leur Dieu dans la poitrine et leur honneur au front ;
C'est la chanson de gloire où l'épée a des ailes,
L'épopée en monnaie, Homère en étincelles,
— Un Homère gascon, jaseur à feu roulant ! —
Et D'Artagnan jadis avait pour nom Roland !

Et c'est l'histoire aussi ! — Ce D'Artagnan qui passe,
Le parleur acéré, l'escrimeur plein de grâce,
Le vaillant dont l'épée est chatouilleuse, mais
Prompte à servir le faible, et l'oppresseur, jamais,—
Dont la verve enfonça, du sommeil ennemie,
Toutes les portes,

Saluant.

sauf la vôtre, Académie !
Cette grande gaîté, brave et tendre à la fois,
C'est toujours le Français, c'est toujours le Gaulois !
Et ce récit, jamais fini, courant le diable
A travers siècles, — c'est l'histoire véritable,
Car si ce n'en est pas la lettre, au moins c'en est
L'esprit, — l'esprit vivant, libre, allant droit au fait,
Sans peur, toujours le même, en tout lieu, malgré l'âge,
Et le grand boute-en-train de l'éternel voyage !

L'histoire ! En ce roman rapide, cavalier,

Fantasque, touchant terre à peine en son sentier;
Notre auteur avait tant de hâte de la vivre
Qu'au plus en lisait-il la moitié, — du vieux livre
Devinant tout le reste, et se fiant à soi
Pour évoquer le peuple et redresser le roi!
Et ce magicien, cet assembleur d'orages
Faisait passer devant l'œil ravi les images
Des temps écoulés, guerre, intrigues, passions.
Frondes où l'on se tâte aux révolutions,
Ligues sanglantes, jeux de princes, cours infâmes,
Chocs de peuples mêlés à des guerres de femmes;
Le Roi soleil donnant au pays l'Unité
Comme son homonyme au ciel, — la Liberté
Naissant avec Voltaire, et puis le siècle immense
Qui par la comédie et le boudoir commence
Et qui s'achève avec l'épopée et Danton!—
Il semait sur ses pas fantaisie et chanson,
Mille types, jetant de superbes paroles,
Les fortes amitiés avec les amours folles! —
Car ses héros sont cœurs larges et généreux;
Comme Oreste et Pylade, ils marchent deux par deux
Souvent quatre par quatre, et qui dit l'un, dit l'autre.
Et c'est leur trait commun, soldat, artiste, apôtre.
Ascanio, La Mole et Coconnas, Bussy
Et Remy, Balsamo, Lorin, — ceux que voici.

Les Mousquetaires.

Et tous les autres, — tous aiment! — Et c'est la cause
Qui fait, en les lisant, que l'âme se repose,
Qu'on se sent à ce style ardent, brave et railleur.

Plus large, plus vivant, par conséquent meilleur! —
Et qui ne goûte point ces vaillantes histoires,
Qui rit et les dédaigne, il dédaigne nos gloires,
Il n'est Français de cœur, il n'aime et ne sent point...
Porthos! je le dévoue à votre coup de poing!

Donc, poëme ou roman, de quel nom qu'on me nomme,
C'est moi qui suis l'enfant terrible du grand homme;
Je le couronne, avec ce cri sacramentel :
L'éternel D'Artagnan à son père immortel!

Il se tourne vers l'estrade; aussitôt, par la coulisse de gauche,
entre un vieil homme, mis comme un pauvre paysan, le
Roman populaire, sous les traits du *Père La Ruine*.

———

SCÈNE CINQUIÈME.

LE PÈRE LA RUINE.

Tout beau, mon gentilhomme! Et souffrez que je dise
Mon mot dans ce concert. — Oui-dà, votre surprise,
Je la conçois; je fais tache ici : jugez-en :
Car j'ai la blouse et les sabots du paysan;
J'ai l'air triste, obstiné, de la bête de somme;
Je suis le vieux soldat devenu le pauvre homme,
Les mains noires, la peau rêche, l'habit usé,
Et dessous, j'ai le cœur du peuple : un cœur brisé!

Hé bien, quoi! oui, c'est moi, le père. La Ruine!
Jacques Bonhomme! Çà, ne faites pas la mine,
Tout comme vous ici j'ai mon droit de cité,
Mes beaux seigneurs; il m'a tout comme vous chanté;
Il n'a pas que pour vous eu des yeux, des oreilles;
Il a de mes aïeux aussi conté merveilles;
Il nous connaissait bien. — Là-bas, dans sa forêt,
Au pays; — tout enfant, c'est à nous qu'il courait;
Nous l'embrassions! C'est nous qui contions des histoires!
Vieux guerriers du vieux temps, revenants de nos gloires,
Nous en avions à dire, et de belles! L'enfant
Nous a bien retenus!

    Oui, c'est un triomphant,
Un superbe! D'accord! Pourtant il ne dédaigne
Ni pauvres ni petits : il vient où le cœur saigne,
Aux innocents plaintifs! aux pères à genoux!
Et dans son œuvre il a maints chapitres pour nous.

Faire pleurer, c'était quelquefois son envie.
Comme si j'étais prince, il a chanté ma vie;
Et moi, le braconnier, le paria maudit,
Le bœuf sur le sillon, — dans son livre j'ai dit
Ma pensée à ma guise, en un patois qui sonne,
Dans ses bois, au dernier des Condés en personne!

Car en ces moments-là, comme en d'autres encor,
Notre homme, l'éternel semeur de livres d'or,

Las de la vieille France, invoquait la nouvelle
Et se remémorait sa noblesse réelle,
Non qu'il était du sang des marquis, c'est mesquin !
Mais que son père était soldat républicain !

Et puis, peuple, qui donc nous offrit tant de fêtes,
Autour d'une pensée assembla plus nos têtes,
Nous tendit plus grand verre, et désaltéra mieux
Toutes nos soifs de vie et de combats joyeux ?
Ah ! son besoin, c'était le bravo de la foule !
Chaque grand fleuve humain vers cet océan coule !
C'est pour nous qu'il bâtit son drame aux mille échos
Et c'est nous qui, contents, adoptions ses héros ! —
Puisqu'à ses festins, peuple, il t'invitait sans faute,
C'est le moins qu'aujourd'hui tu couronnes ton hôte !

> Comme il finit, une rumeur éclate. Une étrangère s'est intro-
> duite parmi les groupes, qui s'opposent à son passage. On
> reconnaît, dans son rôle le plus actuel, la *Comédie moderne.*

SCÈNE SIXIÈME.

LA COMÉDIE MODERNE.

Oh ! laissez-moi ! — Je n'ai qu'un mot à dire, hélas !
Mais lui-même, il m'attend ! — Ah ! si je ne suis pas
De son œuvre, je suis du moins de sa famille ! —

Pardonne, ô Comédie ancienne, si ta fille
Change ta verve ailée en amour du réel
Et ta flexible épée en froid et sûr scapel :
C'est un besoin des temps malades où nous sommes !
Et puisqu'on porte encor ton nom parmi les hommes
Sans plier sous le poids, — je viens, pour qui tu sais,
T'offrir les douces fleurs du deuil, — et je me tais !

D'Artagnan, s'inclinant.

Précédez-nous, madame ! — Et nous, si bon vous semble,
A cet hommage, amis, nous la suivrons ensemble !

Ils entourent l'estrade. Tout à coup paraît auprès du buste,
méditative et pâle, une femme majestueuse.

SCÈNE SEPTIÈME.

LA FRANCE.

Le père La Ruine.

Ah ! quelle est cette sainte ?

D'Artagnan.

Une reine ! en grand deuil !

Le père La·Ruine, la reconnaissant.

Chapeau bas! c'est la France!

La France, d'une voix lente et grave,
s'animant par degrés.

Est-ce encor un cercueil
Qui me convie, hélas! Et devant mes yeux sombres
Ne passera-t-il plus désormais que des ombres? —
O pâle Niobé! mes meilleurs fils s'en vont!
De la foudre, ô destin, j'ai la brûlure au front!

Posant une main sur le buste.

C'est un de mes aînés à qui vous faisiez fête!
Seul, à l'écart, tombé dans la grande tempête,
Ah! je le reconnais, ce crâne olympien!
Ce cerveau dévorant, je le reconnais bien!
Comme en posant la main sur une jeune tête
L'Avenir étoilé se découvre au prophète,
En touchant ce front large et riant, je revoi
La fleur de mes passés fleurir autour de moi!

Mil-huit-cent-trente! ô jours! ô jours d'or! Aube immense!
On criait : Tout finit! — Voilà que tout commence!
On criait : Tout s'épuise et ce peuple est à bout,
Les révolutions l'ont tué! — Tout à coup
Sur les volcans éteints, sur les cimes punies,
S'ouvre une éclosion splendide de génies,

Une race apparaît sur ce sol dévasté,
Jeune, ardente, et se rue à l'immortalité !

Et dans ce pays, plein de cendre et de fumées,
D'où naguère il voyait sortir quatorze armées
Et dont il écoutait vingt-cinq ans le tambour,
Le monde stupéfait, pris de rage et d'amour,
Entend le bruit sacré des esprits à l'ouvrage : —
L'Ode, ouvrant largement ses ailes dans l'orage ;
La Méditation, avec ses doigts de feu,
Creusant nos cœurs meurtris pour y retrouver Dieu ;
Le Drame, entre-choquant les âmes ; l'Épopée
Au val de Roncevaux ramassant notre épée ;
L'Art, dans la douleur même allant chercher le Beau ;
Et l'Histoire, plongeant dans la nuit son flambeau,
Et des peuples vaincus ravivant les batailles ;
Machiavel soudain se trouvant des entrailles ;
La Politique en pleurs criant : Fraternité,
Et prédisant ton jour, ô sainte Humanité ! —
Un triomphe nouveau passant sous la vieille arche
Et dans tous les sentiers enfin, — l'Idée en marche !

Voilà ce que voyait le Monde ! — Et parmi ceux
De l'avant-garde, éveil bruyant des paresseux,
Tu sonnais de la trompe et tu lançais la chasse,
Mon vaillant ! Tu montrais ta franche et forte face
Dans ce groupe hardi que dominait, serein,
L'homme de Notre-Dame et son vers souverain ! —
Entre toutes criait ta plume aventureuse !

O vous qui rappeliez sa verve généreuse,
Vous n'avez pas tout dit ! — Cueillant à pleines mains,
Il avait arpenté joyeux tous les chemins ;
Et parfois, au hasard trouvant des cris sublimes,
Sa curiosité l'emporta jusqu'aux cimes !
Art, poésie, histoire et féerie, il poussait
L'aventure en tous sens, et rien ne le lassait ;
Et si l'on eût perdu, folles et tendres fêtes,
Les Mille et une Nuits, il les aurait refaites ! —
Comme l'autre Alexandre, il se levait matin
Et m'allait conquérir quelque pays lointain,
Caucase ou Sinaï, la banlieue ou le monde,
Pour en causer le soir dans Athènes seconde ;
Et partout, l'enchanteur, on l'écoutait, surpris,
Car il était la bouche et l'âme de Paris ;
Et partout, rayonnant de joie et d'espérance,
Ce grand Français faisait en lui chérir la France !

Et la fête dura quarante ans ! Quarante ans,
La belle œuvre abondante avec ses flots chantants
Coula de source, heureuse et limpide !

                              Oh ! tout passe !
Combien m'en reste-t-il, de cette forte race ?
O Mort ! et de ces fronts puissants, par Dieu touchés,
Envieuse, combien m'as-tu déjà fauchés ?
Oui, je frissonne à voir quelle foule débile
Pullule sur leur tombe, et doute si, stérile,
Mon flanc n'est pas à bout d'enfantements nouveaux !

Ah! descendre avec eux dans la nuit des tombeaux,
Moi, la France, en laissant mon œuvre inachevée,
Puisque l'Humanité n'est pas encor sauvée!
Terre de délivrance et de promission,
Succomber, grosse encor d'une rédemption!
Quoi, l'on ne verrait plus le drapeau tricolore
Flotter comme un signal sur la tour de l'aurore!
Mon âme s'éteindrait, reniant son mandat,
O désespoir! et Dieu n'aurait plus de soldat!

Aux acteurs.

Entourez-moi, vous tous!

> Tous s'approchent en foule ; au premier rang, on remarque les
> héros des romans de la Révolution : Ange Pitou, Maurice
> Linday, Lorin, les Girondins. Derrière eux, les mousque-
> taires, les mignons, etc.

Princes! Rois! Capitaines!
Volontaires! héros! — Ma voix! mon sang! mes haines!
A moi! Que je retrouve en vous, dans son éclat,
Mon passé, mon honneur, ma force et mon combat!
Que dans l'œuvre d'un fils, étincelante et fière,
Je me sente vivante, invulnérable, entière! —

Aux femmes.

Que je vous reconnaisse, ô vous, beaux fronts penchés,
Ma grâce irrésistible ou mes divins péchés!

Aux hommes.

Et vous, mes preux, qui grâce à son succès prospère,
Une deuxième fois m'aviez conquis la terre! —

Que je vous touche, beaux, ardents et triomphants :
Dites que je ne puis mourir, ô mes enfants !

Tous les Acteurs.

Vive la France !

La France.

Oui, — que je vive ! — ô Jeunesse,
Jeunesse ! c'est par toi qu'il faut que je renaisse !
A votre tâche, enfants ! Surgissez, légions !
Semez le grain nouveau dans les nouveaux sillons !
De l'étude et du beau soyez les volontaires !
Ceignez vos reins ! nourris de doctrines austères,
Marchez, libres et purs, brûlants du sacré feu,
Et préparez demain la revanche de Dieu !
Clairons de l'avenir, sonnez le boute-selle ! —
Comme vos pères, fils pieux, faites-moi belle
Et grande, par l'idée et l'invincible esprit ;
Et qu'il sache, ce monde où le Droit est proscrit,
Que le vainqueur a pu de cette tête altière
Arracher la couronne, et jamais la lumière !

Tous les Acteurs.

Vive la France !

La France, au buste d'Alexandre Dumas.

Et toi, qui m'exaltes ainsi,

O poëte, conteur, magicien, — merci !
Que ceux que tu chantas, que ce peuple qui t'aime
Te loue, et que la foule, à cette heure suprême,
Couronne de lauriers ton beau front inspiré !
Qu'ils te jonchent de fleurs... Moi, je t'embrasserai !

Elle baise le buste au front, pendant que les acteurs jettent à
leurs pieds des fleurs et des couronnes.

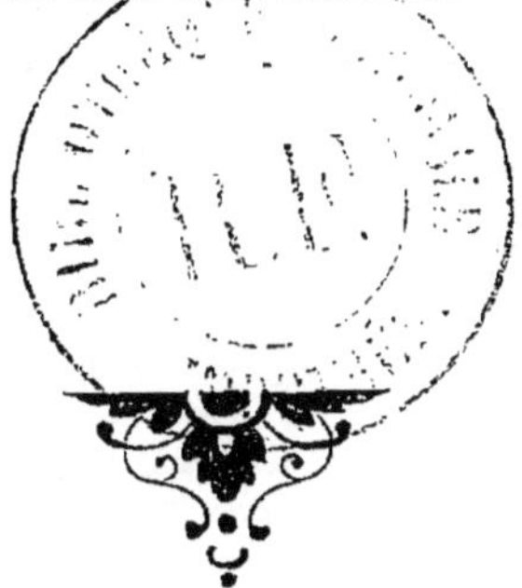

C'est à l'habile et persévérant organisateur des *Matinées littéraires*, M. Ballande, qu'appartient l'initiative d'une vaste représentation théâtrale en mémoire du grand dramaturge : à lui aussi doit en revenir tout l'honneur.

Le présent poëme a été couronné au concours où M. Ballande avait convié la jeune poésie; l'exécution, assurée par une activité généreuse, a été digne de tant d'éclatants souvenirs.

Ç'a été une chose à la fois noble et touchante de

voir réunies à cette fête, autour du buste si vivant dû au ciseau de *Benvenuto Cellini*, les gloires de la scène française, et près des combattants de la bataille romantique, compagnons d'armes du défunt, les étoiles de la comédie nouvelle, confondus dans un même sentiment de douleur. Lorsqu'à la voix de Mme Arnould-Plessy, personnifiant la France dans toute l'éloquence de son génie et de son désespoir, tant de larmes réelles coulaient des yeux de tels artistes, nous le répétons, c'était une chose vraiment grande et touchante.

Aujourd'hui l'auteur de ces vers doit un témoignage public de gratitude à ceux qui ont si noblement interprété sa pensée, en y ajoutant leur talent et leur cœur : — à M. Berton, qui sait unir si haut le goût et la force; à Mme Marie Laurent, le Drame même, vivant et poignant; à M. Mélingue, l'inimitable, *l'éternel D'Artagnan*; à M. Dumaine, si puissant d'expression populaire; à la charmante Mlle Laurence Gérard ; à Mlle Des-

clée, si naturellement, si contagieusement émue; — à.
Mme Arnould-Plessy, enfin, qui, grâce à l'empressement
de M. Perrin, a pu redire à la Comédie-Française,
avec les mêmes accents superbes, l'éloge des morts et
l'appel aux vivants.

PAUL DELAIR.

Imprimé

LE 17 DÉCEMBRE MIL HUIT CENT SOIXANTE-ONZE

PAR J. CLAYE

POUR A. LEMERRE, LIBRAIRE

A PARIS